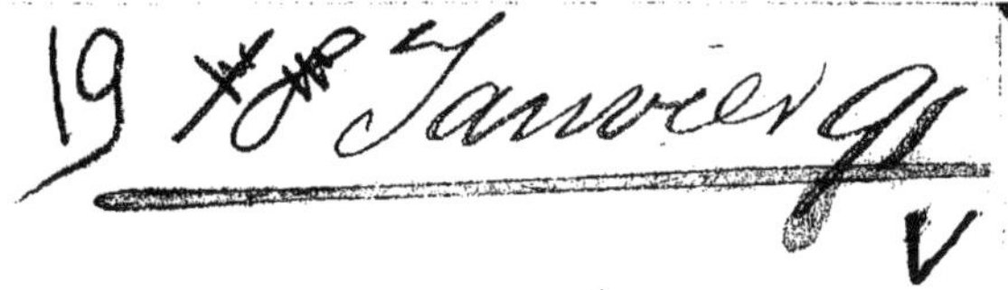

Vente des Lundi 19 et Mardi 20 Janvier 1891

HOTEL DROUOT, SALLE N° 8

Pour Cause de Départ

MOBILIER ARTISTIQUE

TABLEAUX

BIJOUX, ARGENTERIE, DENTELLES

TAPISSERIES

Appartenant à Madame J. D.

EXPOSITION PUBLIQUE

Le Dimanche 18 Janvier 1891, de 1 heure à 5 heures 1/2.

Me PAUL CHEVALLIER	M. CHARLES MANNHEIM
COMMISSAIRE-PRISEUR	EXPERT
10, rue de la Grange-Batelière.	7, rue Saint-Georges.

HONOS
ADDITVR
NATVRÆ
IMPRIMERIE DE L'ART

CATALOGUE

D'UN

MOBILIER ARTISTIQUE

ANCIEN ET DE STYLE

DES

TABLEAUX ET AQUARELLES

Par Em. Bayard, J. van Beers, Bouillon, Caran d'Ache
Delpy, van Hier, G. Meyer, Monticelli, Em. Vernier, Th. Weber, etc.

BIJOUX, BRILLANTS, SAPHIRS

Argenterie, Dentelles, Objets de vitrine

Garde-robe de femme

FAIENCES ET PORCELAINES

LIVRES : *L'Armée française*, par DETAILLE

Vitraux, Instruments de musique, Armes orientales

FERS, CUIVRES REPOUSSÉS

BRONZES D'ART ET D'AMEUBLEMENT

Meubles anciens en bois sculpté

Buffets et Armoires normandes, Sièges de luxe

Piano d'Érard

TAPISSERIES : *Jolies Verdures Louis XIII*

Tapis d'Orient, Étoffes

Le tout appartenant à Madame J. D.

ET DONT LA VENTE, POUR CAUSE DE DÉPART, AURA LIEU

HOTEL DROUOT, SALLE N° 8

Les Lundi 19 et Mardi 20 Janvier 1891

A 2 HEURES

Mᵉ PAUL CHEVALLIER	M. CHARLES MANNHEIM
COMMISSAIRE-PRISEUR	EXPERT
10, rue de la Grange-Batelière, 10	7, rue Saint-Georges, 7

EXPOSITION PUBLIQUE

Le Dimanche 18 Janvier 1891, de 1 heure à 5 heures 1/2

CONDITIONS DE LA VENTE

Elle sera faite au comptant.

Les acquéreurs payeront en sus des enchères *cinq pour cent*, applicables aux frais.

L'exposition mettant le public à même de se rendre compte de l'état des objets, il ne sera admis aucune réclamation une fois l'adjudication prononcée.

Paris. — Imprimerie de l'Art. E. Ménard et Cie 41, rue de la Victoire

DÉSIGNATION DES OBJETS

TABLEAUX, AQUARELLES

BAYARD (Em.)

1 — *Jeune Femme.*

Vue de profil.

BEERS (Jan Van)

2 — *Pierrot.*

BLANC (C.)

3 — *Portrait de jeune femme.*

BOUILLON (Léon)

4 — *La Petite Chevrière.*

Peinture sur parchemin.

CARAN D'ACHE

5 — *Soldats prussiens.*

Aquarelle de forme ronde sur parchemin.

DELPY (H. C.)

6 — *Rue de village ; effet de neige.*

FLEURY (Fanny)

7 — *Femme en costume du temps de la Restauration.*

GATINES (R. de)

8 — *Ferme normande.*

HIER (Van)

9 — *Ville hollandaise.*

LARCHER (Émile)

10 — *La Laveuse.*

MEYER (Georges)

11 — *Pêcheur d'Étretat.*

MEYER (Georges)

12 — *Femme d'Étretat.*

MONTICELLI

13 — *Personnages en costumes du XVIe siècle, dans un intérieur.*

NOIVON

14 — *Hussard.*

Aquarelle.

RICCARDI

15 — *Le Clown Medrano.*

Grande aquarelle.

RUBÉ

16 — *Jeune Fille.*

En buste.
Peinture sur parchemin.

SYLVAIN

17 — *Vue du vieux Paris.*

VERNIER (Émile)

18 — *Marine.*

Aquarelle.

19 — *Ville au bord de la mer.*

Aquarelle.

WEBER (Th.)

20 — *Pêcheurs lançant leur barque.*

ÉCOLE ALLEMANDE

21 — *Portrait de femme.*

XVIIIe siècle.
Peinture sur verre, à deux faces.

ÉCOLE FLAMANDE

22 — *Portrait de jeune fille occupée à dessiner.*

ÉCOLE FRANÇAISE

23 — *La Saison des fleurs.*

Deux gouaches de forme ovale.

GRAVURES

LE COUTEUX

24 — *Tête de femme.*

SOMM (Henry)

25 — *Tête de femme.*

Eau-forte.

LELOIR (D'après Louis)

26 — *Deux fac-similés d'aquarelles.*

Encadrés.

27 — Gravures et eaux-fortes.

Encadrées.

BIJOUX, ARGENTERIE

28 — Épingle de chapeau en or, en forme d'épée à poignée enrichie de roses, et terminée par une perle fine.

29 — Bracelet en or enrichi de diamants, avec motif central formé d'une turquoise entourée de roses.

30 — Broche barrette, saphirs et brillants.

31 — Deux boutons d'oreilles, formés chacun d'un saphir entouré de brillants.

32 — Épingle en or, avec fer à cheval, saphirs et brillants alternés.

33 — Cordon de neuf perles fines séparées par des petits brillants, s'adaptant soit à un bracelet d'or, soit à un peigne en écaille.

34 — Montre de dame en or avec breloquet gourmette en or.

35 — Broche, tête de levrette en or.

36 — Bracelet Louis XVI en argent, orné de marcassites et de pierres, couleur turquoise.

37 — Broche en argent, ornée de deux miniatures reliées par des festons et des rubans enrichis de jargons.

38 — Miniature sur ivoire : Jeune Femme en robe décolletée, dans un cadre en argent et stras.

39 — Douze couteaux Louis XVI ; lames et viroles en vermeil, manches en nacre.

40 — Douze petites cuillères en argent allemand, à manches cordelés terminés par des figurines.

41 — Six petites cuillères en vermeil, à ornements, de style Louis XV.

42 — Six fourchettes à huîtres en argent.

43 — Six cuillères à café en argent, manches à filets et feuillages en relief.

44 — Une louche, une cuillère à ragoût et douze couverts en argent, manches spatules, fleurons en relief, chiffres gravés.

45 — Douze couverts du même modèle.

46 — Deux pièces en argent : truelle à poisson et ancienne cuillère à sucre.

*

47 — Douze couverts à dessert en vermeil, six anciens et six modernes.

48 — Quatre pièces en argent, pince à asperges, ciseaux à fruits, couvert à salade.

49 — Saucière anglaise à anse contournée, culot repoussé et godronné reposant sur trois pieds. Orfèvrerie anglaise.

50 — Huilier en argent, de l'époque Louis XVI, modèle à perles, sur pieds à volutes.

51 — Six gobelets à liqueurs et un plateau à bords contournés, en argent repoussé.

52 — Timbale en argent d'une élégante ornementation en relief; de chez *Lefebvre*, à Paris.

53 — Ancienne tasse à pans, anse contournée et couvercle surmonté d'une graine, et son présentoir, côtelée et bordée de palmettes. Commencement du XIXe siècle.

54 — Petit sucrier ovale à couvercle en argent creusé de cannelures en spirales, élevé sur quatre pieds à griffes.

55 — Quatre salières en forme de seaux, s'adaptant à des échelles.

56 — Tasse à café et soucoupe en argent gravé et chiffré L. D.; plus une cuillère.

57 — Bougeoir en forme de manchette.

58 — Pot à crème piriforme, à côtes en spirale.

59 — Grande théière de chez *Lefebvre*, à Paris, joli modèle à côtes obliques; rocailles et ornements Louis XV.

60 — Sucrier en argent repoussé, à fleurs et ornements Louis XV.

61 — Sonnette allemande formée d'une figurine de femme.

62 — Moutardier et deux salières doubles en argent étampé; modèle Louis XVI.

63 — Petite tasse et soucoupe guillochés en vermeil.

64 — Petit calice en argent gravé.

65 — Pince à sucre.

66 — Corbeille à fleurs en argent, à festons de fleurs, rinceaux et ornements Louis XV, en relief; élevée sur quatre pieds touffes d'algues.

67 — Chocolatière côtelée à guirlandes, fleurons et ornements Louis XVI, en relief.

68 — Aiguière de forme persane en argent gravé et doré. Orfèvrerie russe.

69 — Corbeille à pain en argent gravé et doré. Orfèvrerie russe.

70 — Six petits verres à liqueurs avec garniture en argent, à figures et ornements Louis XV; plus un plateau ovale en argent de l'Empire, bordé d'une feuille d'eau ciselée.

71 — Timbale porte-fleurs en argent gravé et doré. Orfèvrerie russe.

72 — Grand plat long à bords contournés et moulurés, de chez *Lefebvre*, à Paris.

73 — Plat rond de même modèle.

74 — Corbeille à pain en plaqué, découpée à jour et enrichie de pentes de fleurs et de fils de perles en relief, Orfèvrerie anglaise.

75 — Réchaud en plaqué de chez Christofle.

OBJETS DE VITRINE

76 — Boîte à mouches ovale, en ivoire, montée en vermeil et ornée sur le couvercle d'une petite gouache : Jeu d'enfants. Époque Louis XVI.

77-78 — Six boîtes et bonbonnières anciennes et modernes, argent, émail, écaille.

79 — Deux boucles variées en argent; l'une enrichie de stras.

80 — Montre porte-allumettes en argent.

81-82 — Cinq petites pièces en argent : ancienne cuillère à cuilleron formé d'une médaille, tasse à déguster, petit plateau, miroir de poche, étui à cigarettes.

83 — Ivoire. Groupe de mendiants en costume Louis XIII.

84 — Ivoire. Trois pièces : boîte chinoise, nestké, dessus de boîte.

85 — Deux miniatures à l'huile, du XVIIe siècle.

86 — Sous ce numéro, divers objets de vitrine:

burettes en étain, petits bronzes, porte-bouquets formés d'anciennes colonnettes, miroirs, etc., etc.

DENTELLES

87 — Beau volant de robe en dentelle de Bruges, à joli dessin de fleurs. — Haut., 1 mètre; long., 3 m. 20 cent.

88 — Mantille en dentelle de Bruges, avec riche bordure.

89 — Voile de mariée normande, application Louis XV.

90 — Grand volant en ancienne guipure de Venise, mesurant 3 m. 40 cent.

91 — Volant de guipure Louis XIII. — 3 mètres 75 cent.

92 — Petit volant en point à l'aiguille, d'un dessin très délicat. — 3 mètres.

GARDE-ROBE

93 — Garde-robe de femme comprenant : paletot de velours garni de fourrure en chèvre du Thibet; robes de bal en soies brochées, manteaux, matinées, chapeaux, etc., etc., etc.

FAIENCES, PORCELAINES

94 — Grande fontaine en faïence, formée d'une figure de Bacchus à califourchon sur un tonneau.

95 — Corbeille à fruits supportée par quatre figurines de Chinois, faïence polychrome, genre Moustiers.

96 — Deux grandes jardinières cylindriques en faïence, à décor polychrome, genre Moustiers.

97 — Deux grandes potiches couvertes en faïence, à décor bleu; genre Delft.

98 — Petite potiche en faïence de Delft décorée en bleu.

99 — Vase ovoïde en faïence hollandaise, à décor en bleu, représentant la Fortune.

100 — Grand vase à deux anses, décoré dans le genre des faïences de Nevers.

101 — Deux petites potiches en faïence hollandaise.

102 — Jardinière en vieux Rouen décorée de fleurs polychromes.

103 — Deux vases en Satzuma, à décor de figures et d'ornements en émaux de couleurs et dorure.

104 — Jatte octogone en porcelaine du Japon.

105 — Faïence : encrier, boîtes à épices, tasses, moutardiers, etc.

106 — Deux cache-pots en porcelaine de Berlin décorée de bouquets polychromes.

107 — Trois grands plats en porcelaine du Japon, décorés en bleu.

108 — Deux petits vases modernes en porcelaine cloisonnée, à décor d'oiseaux et de fleurs en émaux polychromes ; socles en bronze.

109 — Service de table de vingt-quatre couverts en

porcelaine de Limoges, à décor d'oiseaux et de petites plantes en fleurs, de chez *Haviland*.

110-111 — Figurines en porcelaine de Saxe, de Chelsea, etc,

112 — Tasses, sucriers, théières, en Saxe et en porcelaines de diverses fabriques.

113 — Vases, saladiers, plats et assiettes en faïence et porcelaine.

LIVRES ET OBJETS VARIÉS

114 — Types et uniformes : l'Armée française, par *Édouard Detaille*, texte de *Jules Richard*. Paris, Boussod et Valadon. Exemplaire n° 80. — Les huit premières livraisons.

115 — Alfred de Musset, édition ornée de vingt-huit gravures, d'après Bida, etc. Paris, Charpentier, L. Hébert, libraire; 1884. — Dix volumes ; demi-reliure.

116 — Œuvres complètes de J. J. Rousseau, avec planches gravées. Paris, Furne, 1837.

117 — Journal *le Figaro*, années 1854, 1855, 1856, en un volume.

118 — Petite horloge à gaine, de style Louis XV, en bois d'amarante, garnie de cuivres.

119 — Quatre vitraux modernes, à personnages en costumes suisses du XVIe siècle, formant les verrières de deux fenêtres.

120 — Deux volets d'une fenêtre en verres de couleurs, avec médaillons ovales : Lions héraldiques.

121 — TERRE CUITE. La Jeune Fille aux hirondelles, statuette de *Peiffer*.

122 — Deux statuettes d'anges, en chêne sculpté.

123 — Barbier espagnol, statuette en terre cuite.

124 — Deux guzlas.

125 — Vielle de l'époque Louis XIV, à caisse bordée de filets d'ivoire et à cheviller sculpté, quadrillé et terminé par une tête de femme en ronde bosse.

126 — Tambour indien, dont la caisse est ornée de rosaces en coquillages et les peaux d'ornements peints.

127 — Grande corne frettée de cercles en argent niellé.

128 — Grand tambour de basque turc, à cercle en mosaïque d'os et de bois.

129 — Deux plats anciens en étain gravé.

130 — Jardinière lobée en émail cloisonné de la Chine, à décor d'oiseaux et de fleurs en couleurs sur fond noir.

ARMES

131 — Casque, rondache et brassard en cuivre gravé de la Perse.

132 — Rondache indienne en fer, garnie de bossettes en cuivre et enrichie de turquoises et de pierres de couleurs incrustées.

133 — Tromblon oriental à silex, canon à pans, frettes d'argent niellé, fût incrusté de mosaïque d'os et de cuivre.

134 — Grand cimeterre à lame droite décorée de gravures et poignée en corne.

135 — Grand poignard circassien ou sabre à lame droite couverte de damasquines d'or et d'argent; poignée en corne garnie d'ornements d'argent niellé.

136-137 — Deux poignards de Tiflis, à lames droites avec gorges d'évidements ; poignées en morse.

138 — Sabre de cosaque, fusée en morse avec pommeau en argent niellé.

139 — Sabre turc à lame courbe, poignée et garniture de fourreau en cuivre.

140 — Kathar à poignée de fer, décorée d'ornements d'argent.

141 — Kandjar à lame courbe et poignée en morse.

142 — Pistolet circassien à pierre, garniture et frettes en argent niellé.

143 — Autre, à long canon.

144-145 — Deux petits fusils orientaux, à batterie en fer damasquiné d'or.

146-147 — Deux bâtons de derviches, en fer : l'un, surmonté d'une tête humaine ; l'autre, d'une tête de cerf.

148 — Deux cartouchières russes avec douilles en ivoire tourné, rehaussé de couleurs.

149 — Poudrière circassienne en argent niellé.

150 — Ancienne poudrière orientale en fer, finement damasquinée en or.

FERS, CUIVRES

151 — Grande vasque en cuivre rouge martelé, à décor de godrons

152 — Seau italien en cuivre rouge repoussé, avec anse en fer.

153 — Deux réchauds en cuivre.

154 — Fontaine composée d'un seau et d'une vasque en cuivre repoussé, à décor de godrons et supportés par une armature en fer forgé.

155 — Deux corbeilles en cuivre découpé à jour.

156 — Pot à lait hollandais en cuivre repoussé, à godrons en spirale.

157 — Lustre hollandais à six lumières, en cuivre.

158 — Petit lustre hollandais à six lumières.

159 — Lanterne ancienne, à multiples facettes, suspendue à une potence en fer fixée à l'extrémité d'une hampe, revêtue de cuir de Cordoue.

160 — Deux candélabres flamands en cuivre, à quatre lumières chaque.

161 — Deux flambeaux d'église, à base triangulaire.

162 — Ancien trépied en fer forgé

163 — Grand trépied en fer forgé, style Louis XIII, à enroulements et bouquets de fleurs dans l'entrejambes.

164 — Deux petits landiers en fer forgé.

165 — Deux anciens bras de mur en fer forgé, supportant chacun un bouquet de cinq lumières.

BRONZES D'ART

ET D'AMEUBLEMENT

166 — Groupe de deux Bacchantes, par *Franceschi,* bronze doré de *Jules Graux*, fondeur.

167 — Deux grands chenets italiens en bronze à patine florentine : Jupiter et Junon debout sur des vases portés par des satyres accroupis reposant sur des trépieds en fer garnis de guirlandes de bronze.

168 — Statuette de moissonneur. Ancien bronze japonais.

169 — Encrier presse-papier en bronze argenté, figuré par un tirailleur couché à plat ventre. Travail viennois.

170 — Cheval en bronze, formant presse-papier.

171 — Encrier en bronze en forme de corbeille barlongue.

172 — Deux lampes carcel en bronze de style oriental, montées sur vases en faïence, à décor polychrome, figures et fleurs dans le goût des anciennes faïences de Moustiers.

173 — Deux grandes lampes carcel en bronze, montées dans des potiches à pans en faïence, genre Delft.

174 — Deux girandoles à trois branches porte-lumières, en bronze argenté, de forme Louis XV.

175 — Deux flambeaux bouts de table à deux lumières chaque, supportées par une figurine de Cupidon, bronze argenté. Style Renaissance.

176 — Deux flambeaux en bronze doré. Style Louis XIV.

177 — Flambeaux bouts de tables à trois lumières chaque, en bronze, à dragons et rinceaux.

178 — Suspension de salle à manger en cuivre avec lampe modérateur et neuf bougies.

MEUBLES

179 — Piano droit d'Érard n° 57763, en palissandre, et une housse en ancien damas rouge garnie de galons et de franges métalliques, et offrant un sujet en broderies de soies au passé : l'Assomption de la Vierge.

180 — Grande bibliothèque de style Renaissance, en noyer sculpté, à cinq portes encadrées de colonnettes engagées ; trois, garnies de petits vitres dans un réseau de plomb ; les deux autres, décorées de cartouches, d'attributs et d'ornements en bas-relief. Le soubassement en ressaut est pourvu d'un rang de tiroirs.

181 — Très grand lit en chêne, composé d'éléments anciens, panneaux bretons à petits balustres, bas-relief représentant la Résurrection, colonnes, etc. Le panneau du chevet est orné d'une tapisserie ancienne à petits personnages.

182 — Table de nuit en noyer.

183 — Table bretonne en bois sculpté.

184 — Grand buffet à deux corps, en chêne sculpté, de l'époque Louis XIV ; les panneaux des quatre portes et ceux des parois latérales sont ornés de rinceaux et de feuilles sculptés et encadrés de moulures.

185 — Buffet de l'époque Louis XV à deux corps, en chêne sculpté, à décor de branchages, de bouquets et à moulures contournées. Le bas ouvre à deux portes pleines; le haut à portes vitrées.

186 — Buffet-vaisselier en noyer sculpté, de style Renaissance, à trois étagères bordées de galeries à balustres et surmontées d'une corniche en surplomb.

187 — Console-étagère, de même style que le buffet qui précède.

188 — Grande table carrée à six allonges, en noyer sculpté, style Renaissance, supportée par des pieds balustres sur entretoise.

189 — Armoire normande en chêne sculpté, ornée de médaillons, de bouquets, de rubans enroulés; quatre glaces ont été fixées sur les portes. Époque Louis XVI.

190 — Grande armoire Louis XV, à portes pleines divisées en compartiments encadrés de moulures. Elle est garnie de ses ferrures du temps.

191 — Guéridon Louis XVI en acajou, à baguettes de cuivre poli et tablette en brocatelle entourée d'une galerie de cuivre.

192 — Meuble Renaissance à deux corps, en chêne et à quatre vantaux enrichis de petits compartiments sculptés et relevés de dorure, représentant des dauphins, des entrelacs, des rinceaux, etc.

193 — Bureau à dos d'âne du temps de Louis XVI, décoré au vernis de trophées champêtres et de motifs de fleurs en couleurs sur fond laqué vert.

194 — Bureau-chiffonnier à abattant et tiroir en dessous, en marqueterie de bois, à décor de vases et de rinceaux fleuris. Travail hollandais.

195 — Grand rouet du temps de Louis XVI, en bois sculpté, tourné et rehaussé d'or, reposant sur un support à bandeau simulant un tablier.

196 — Support carré, avec trois têtes de chérubins sous la tablette ; chêne relevé de dorure.

197 — Grande jardinière rectangulaire en bois de

noyer, ornée sur trois faces de plaques en faïence persane à figures en relief rehaussées d'émaux de couleurs.

198 — Bonnetière normande en chêne sculpté, avec grande rosace au milieu de la porte, qui est encadrée de moulures feuillagées.

199 — Petit meuble-chiffonnier, à deux portes au-dessus de trois tiroirs superposés, en noyer d'Amérique relevé d'ornements dorés,

200 — Écran de style Louis XIV, en noyer sculpté et relevé d'or, avec feuille en tapisserie au petit point ancienne : Musiciens, dans un cartouche entouré de grosses fleurs.

201 — Meuble-vitrine à angles coupés, en racine mouchetée, et décoré en marqueterie de bois.

202 — Petite console en chêne sculpté, style Louis XV, avec tablette en marbre contournée et bordée d'un quart de rond.

203 — Table à jouer Louis XVI, en acajou et palissandre, incrustée de filets de cuivre.

204 — Miroir italien à fronton, avec cadre sculpté, découpé à jour, doré et enrichi de plaquettes en glaces étamées, taillées à facettes.

205 — Baromètre Louis XVI en bois sculpté et doré.

206 — Deux petites consoles-appliques dorées, à rinceaux et têtes d'enfants.

207 — Miroir Louis XV dans un cadre sculpté et doré.

208 — Petit miroir italien à cadre doré.

209 — Coffre d'antichambre composé de panneaux à fenestrages gothiques séparés par des colonnettes.

210 — Petite commode à trois rangs de tiroirs en chêne, garnie de cuivres. Époque Louis XV.

SIÈGES

211 — Petit canapé de style Louis XVI en noyer sculpté, avec dossier à fines colonnettes dont les chapiteaux sont reliés par un feston de draperies. Siège en vieux lampas broché, à bouquets de roses sur fond vert.

212 — Tabouret à accoudoir, en noyer sculpté, avec coussin de velours pourpre, orné d'une corbeille fleurie et d'oiseaux en ancienne broderie réappliquée.

213 — Canapé Louis XIV en bois sculpté, à coquilles et feuillages rehaussés de dorure, recouvert en satin de laine broché à fleurs sur fond vieux rose.

214 — Fauteuil Louis XIV, foncé de canne et complètement doré.

215 — Fauteuil Louis XV, garni de canne et entièrement doré.

216 — Deux chaises Louis XV, anciennes, foncées de canne et dorées.

217 — Fauteuil à siège bas, en noyer sculpté, de style Louis XV, couvert en étoffe à raies alternées, vieux rose et vert bronze.

218 — Fauteuil Louis XIV, à ornements rehaussés d'or, recouvert en étoffe brochée, à ramages en couleur sur fond chaudron.

219 — Fauteuil en noyer sculpté, Renaissance, recouvert de peluche verte et de bandes en tapisserie, et garnie de franges de soie à grille.

220 — Chaise Louis XIV, à coquilles et rinceaux sculptés et rehaussés d'or ; elle est garnie de canne dorée.

221 — Six chaises de salle à manger, style Renais-

sance, recouvertes de cuir gaufré, à dauphins et rinceaux relevés de dorure.

222 — Six bois de chaises pareilles aux précédentes, mais non garnis.

223 — Fauteuil hollandais, à traverse de dossier cintrée, supportée par des colonnettes torses.

224 — Grand fauteuil italien en noyer recouvert en peau de porc et clouté de cuivre.

225 — Deux chaises en noyer sculpté, style Louis XIV, avec sièges en tapisserie au point.

226 — Deux fauteuils en bois tourné, style Louis XIII, recouverts en soierie de l'Empire, à dessin jaune sur champ rouge.

227 — Fauteuil du temps de Louis XVI en noyer sculpté, à perles, tortils de rubans et feuilles d'acanthe, recouvert en ancienne soie crème brochée à bouquets multicolores.

228 — Chaise russe laquée et dorée.

229 — Deux fauteuils, style Renaissance, en chêne sculpté, dossiers à médaillons-bustes cantonnés de fleurons-appliques en fer, avec coussins en étoffe.

TAPISSERIES

230 à 232 — Suite de trois jolies tapisseries de l'époque Louis XIII, verdures encadrées de bordure à fond noir, composées de vases de fleurs, de cartouches contenant des paysages, de draperies, etc.

233 — Grande tapisserie Louis XV en tapisserie d'Aubusson, mesurant quatre mètres de large, verdure avec chasse au cerf, châteaux, etc., et bordure.

234 — Tapisserie flamande du XVIIe siècle, représentant une scène de l'antiquité, relative à la rançon d'une ville : Groupe de quatre figures.

235 — Tapisserie Louis XIII à personnages, encadrée d'une bordure, à perroquets et festons de fleurs sur fond noir.

236 — Petite portière verdure avec oiseaux, encadrée de panne rouge.

ÉTOFFES

237 — Devant d'autel Louis XIII, à rinceaux fleuris et cartouche médian, en broderies de laines de couleurs au passé, sur fond en perles de jais blanc.

238 — Parement de cheminée en peluche rouge, avec bandeau en ancienne tapisserie.

239 — Plusieurs portières en tapisserie de la Caramanie.

240 — Deux décorations de fenêtres, rideaux et bonnes grâces en satin de laine broché, vieux rose.

241 — Six coussins recouverts en soies brochées et brodées.

242 — Ancien bonnet russe en broderie d'argent.

243 — Ceinture circassienne de femme, garnie d'ornements d'argent.

244 — Grand chapeau algérien en paille.

245 — Lots d'étoffes Louis XV.

246 — Costumes, tapis, étoffes orientales et européennes, en soies, en broderies, etc.

247 — Lot d'étoffes de soie orientales ornées de lamés métalliques.

248 — Revêtement de cheminée en peluche rouge, avec bandeau ancien au petit point.

249 à 252 — Quatre tapis de la Perse et du Daghestan.

253 — Peau d'ours, descente de lit.

254 — Les objets omis au présent catalogue.

www.ingramcontent.com/pod-product-compliance
Ingram Content Group UK Ltd.
Pitfield, Milton Keynes, MK11 3LW, UK
UKHW021041180726
13838UKWH00004B/1947